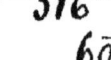

LAS AOUCOS

DEL

TOUMAS DE FOUNSOYGRIBOS

Pochade en un acte,

PAR

MM. L. MENGAUD & LANES

Représentée sur les théâtres de Toulouse,

ET SUIVIE DE DEUX NOUVELLES PIÈCES LANGUEDOCIENNES

PAR M. LUCIEN MENGAUD,

Auteur de *Las Pimpanelos*, etc., etc., membre de la Société Académique
des Hautes-Pyrénées.

Prix : 50 centimes.

TOULOUSE

IMPRIMERIE DE J. DUPIN, ÉDITEUR,

RUE DE LA POMME, 28.

1860.

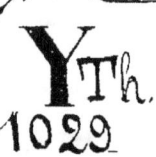

LAS AOUCOS

DEL

TOUMAS DE FOUNSOYGRIROS.

LAS AOUCOS

DEL

TOUMAS DE FOUNSOYGRIBOS

Pochade en un acte,

PAR

MM. L. MENGAUD & LANES

Représentée sur les théâtres de Toulouse,

ET SUIVIE DE DEUX NOUVELLES PIÈCES LANGUEDOCIENNES

PAR M. Lucien MENGAUD,

Auteur de *Las Pimpanelos*, etc., etc., membre de la Société Académique
des Hautes-Pyrénées.

TOULOUSE

IMPRIMERIE DE J. DUPIN, ÉDITEUR,

RUE DE LA POMME, 28.

1860.

PERSONNAGES.

Toumas	MM.	Lanes.
Jaquet		Célestin.
Janetoun	Mlle	Fumery.

LAS AOUCOS

DEL

TOUMAS DE FOUNSOYGRIBOS

La scène se passe dans une chambre modestement meublée. — Porte en face, porte latérale. — Au second plan, une table à côté et deux chaises.

—

SCÈNE PREMIÈRE.

JEANETOUN (seule).

Quino bouno farço, a quel paouré Toumas ; le paouré drollé, pla sigur que Jaquet le ba fa beni aysi, coumo ba yé rècoumandat. Qual fa en sorto que me recounesquo pas, et sourtout que se doutes pas de res. Ya déja quinze ans que l'eyt pas bist, moun Dious qu'éro bestiasso ! més éro pla boun efant : say pas sa cambiat ! Ma pla amuzado quant gardabon les canards ensemble, car, gardabi les canards, aoutres copts, quoieque sioy aouéy la fenno de moussu l'Adjoint, la secondo outouritat de l'endret ! Ba ! n'en souy pas pu fiéro praco. Bejan, que doune un cop de ma aysi, per que tout sio en ordre quand Toumas arribara.

SCENE II.

JEANETOUN , JAQUET.

JAQUET.

(*Accourant*). Madamo, garats aysi Toumas que ben , éy
passat daban aprép l'y abe counseillat de beni pourta sa
plento.

JEANETOUN.

La farce il a donc bien réussi?

JAQUET.

Oh! oui Madamo.

JANETOUN.

Que dit-il? Ne se doute-t-il de rien?

JAQUET.

Que diséts Madamo?

JEANETCUN.

Je te demande s'il ne se doute de rien ?

JAQUET.

Ba pouriots pla dire en patouës la pla.

JANETOUN.

Bay toutchoun, digo me, que dits?

JAQUET.

Es raoujous , bol que l'y randon las aoucos, dits que sa
fenno, fayo un tapatche d'infer, se sabio la farço que y'an
jougado ; tenéts, l'entendi que ben.

JANETOUN.

M'en baouc, jé mé sauve, cal pas que me bejo de
suito. (*Elle sort*).

SCENE III.

TOUMAS (*tenant un roseau*), JAQUET.

TOUMAS.

(*Frappant avec son roseau*). Y a pas digus? Ayssi?

JAQUET.

Si fait, d'intrats.

TOUMAS.

(*Le reconnaissant*). Té! acos bous, june homme.

JAQUET.

Oui, d'intrats, et assiétas bous.

TOUMAS.

Mécio, boli pas m'assieta, boli bese moussu l'adjoient.

JAQUET.

Yes pas, es anat laoura, més y'a sa fenno.

TOUMAS.

Que bouléts que fasquoy de sa fenno; es moussu l'adjoient que me cal!

JAQUET.

Bous disi que y es pas, sa fenno fara per el, siats
tranquille.

TOUMAS.

Aou cresets?

JAQUET.

Oui! oui! es elo que fa tout ayssi.

TOUMAS.

Ah! es dounc ayssi coumo à l'oustal? Hé be anats lo
quérre, san bous coumanda.

JAQUET.

Y baouc desuito. (*Il sort.*)

SCENE IV.

TOUMAS (*seul*).

Ah! les brigands, m'an panat, m'an assassinat, an manquat me fa beni pirol. Bejan, que me rappele un paouc
coussi tout aco s'es passat. D'abord soun partit d'el Bourg
à cinq houros d'el mayti, per beni à Founsoygribos, moun
païs natal, y bendre d'aoucos, de beritablos aoucos...

SCENE V.

JEANETOUN, TOUMAS.

JEANETOUN.

Est-ce vous qui me demandèz, brabe homme?

TOUMAS.

(*Tout étonné*). Oy! et adissiats, Jeanetoun.

JEANETOUN.

Qu'es-ce que bous dites! Je ne suis pas Jeaneton,
mon ami; je suis Madame l'Adjoint.

TOUMAS.

Escusats, Madamo, se me troumpi. — (*A part*). Me
semblo pla pourtant l'abe bisto en dacon! Coussi n'es pas
la Jeanetoun d'el Pierril?

JEANETOUN.

Bous vous trompez, paysan, voyons qué boules-vous,
parlés?

TOUMAS.

Je ba parler, Madamo. — (*A part*). Semblo la Jeanetoun coumo dos goutos d'aygo; se parlabo pas francés,
aou crerioy... Jésus! Jésus!

JEANETOUN.

A ça parlarets, ou parlarets pas? Piot.

TOUMAS.

Parli, Madamo, parli! Ayssi ço que s'es passat. — (*Janetoun s'assied*). — Faséts pla, Madamo, faséts pla.

JANETOUN.

Allons, ba toujor.

TOUMAS.

Je bas toujours.... ayssi dounc ço qué s'es passat : souy partit d'el Bourg, taléou soulel lebat, d'ambe quinze aoucos, per béni las bendre al mercat de Founsoygribos, moun pays natal. Coumo las aoucos éron grassos, marchabon pas trop pla, tourtejabon un paouc, las poussabi daban you, ame aquel agraoue, tenéts bejats le.

JEANETOUN.

Le besi, continués.

TOUMAS.

J'é continue... tout en tourtejan arribében, las aoucos et you, al gros ourmé qu'es aban le bilatche. Al moument ount passabon, un hommè prou pla mes, me cridéc : Digats brabe, cant bouléts des canards? Des canards, l'y diguéi! Assa n'y beséts pas ou be bous amusats. Que bos dire paysan? Cresi que bos fa le farçur, palot, filo toun cami d'ambe toun aoujan, bay, bay. Jutchasme se fousquéy estounat. — (*Voyant Jeanetoun qui rit*). Jésus aquel rire, es tout a fait aquel de la Janetoun.

JEANETOUN.

Bèjan, va toujours...

TOUMAS.

Jè ba toujor; pousséy mas aoucos en me disen : aquel hommè, es inoucent ou abucle, de prene mas aoucos per

de canards! Més a peno abioy fayt bint passes, què d'aoutres hommes, pla mesis labes, s'approutchében, en me
disen, digats brabè homme, bouléts bendre les canards?
les canards! Encaro! coussi, nou beséts pas que soun
d'aoucos!! et n'en prenquébi uno pel col, et en la y metren
sus pots, l'y cridéi : n'es pas un' aouco acos, es pas un'
aouco (*Il fait comme s'il la tenait en l'air, et la jette à
terre avec colère*), bous assiguri qu'éri furious... m'és ço
què m'estounét le mayt, fousquét de bese aques dus hommes, me regarda d'un ayre estounat, en se disen qu'in
doumatche le paoure homme à perdut le cap, pren sous
canards per d'aoucos. Aco me dounéc a reflechi, et re-
gardabi mas aoucos, en me disen, se me troumpabi. Tenéts
d'y pensa souloment, me fa beni las suzous!

AIR : *Adieu Charlotte.*

Eri estourdit, say pas coussi bous dire,
Daban mous éls nou besioy que canards.
D'aoucos pertout, que nou fasion que rire
Et dins moun cap n'entendioy que petards.
Une suzou glaçado me hagnabo,
Eri bengut aoutant sourd qu'un balot.
N'abioy pas may qu'uno soulo pensado.
Ero la paouc d'estre cambiat en piot.

JEANETOUN.

Au fait, au fait.

TOUMAS.

Ji ba, Madamo; à peno d'intrabi sul fiéyral qué cinq ou
siés persounos, benguében al tour de you. L'un diguéc
sount pla bélis aques canards! Oh! anaquel mot, le sang
me toumbéc as talous, et damourébi sans moubomen. Un
aoutre l'y respoundéc, soun pas mal, més sount magres,
qui sap s'aquel homme les bol bendre; éri estabournit!...
un qu'abio de moustatchos, et que m'abio parlat sans que

l'entendéssi, me cridéc dins l'aoureillo, paysan, es sourd;
bos bendre les canards? Oui diguéi, sans sabe ço que
disioy, car un pitchou drolle, un mécous qu'éro, aqui se
metéc a crida à mon aoujan, tirous, tirous, tirous, oh!
alabetx, sabi pas mayt ço que se passéc; mes un moumen
aprép, las aoucos ou les canards partission! et me sem-
blabo qu'en s'en anan me fasion la grimaço, et qu'abion
le béc tout de trabès, et me troubébi quattre pistolos et
miéjo·dins la ma.... tres francs le parel. (*Accablé.*) Que
ba dire la Toumasso, ello qu'a embucat aquelos aoucos
ensourcelados!

JEANETOUN.

Paoure homme! Enfin, comment cela a-t-il fini?

TOUMAS.

Comment il a fini cela? Qu'éri aqui plantat coumo l'ase
de piquos, quand sentisquébi un cop de pun sur l'esquino
et qu'entendéi uno bouts que mé cridec, que fas a qui
Toumas? Acos éro un besi d'el Bourg, que quant a
sapiut ço que méro arribat, ma counseillat, d'ambe le goujat qu'es a qui, de beni me plagne, en disen que m'abion
troumpat, que mas aoucos, éron beritaploment d'aoucos
et noun pas de canards... A qui ço que n'es...

Air : *T'en Souviens-tu.*

T. Espéri pla que me randrets justiço,
J. Mais je ne sais comment faire vraiment!
T. Oh! la me cal, la couléro me fisso,
J. Mais grand nigaud pourquoi prendre l'argent
T. Pérquoi, pérquoi, je vous ey dit l'affaire,
  » Abioy le cap perdut, d'estimbourlat.
  » Faisé la donc, ou je va me la faire }
J. Caloté dounc, cresi que benes fat. } *bis.*

JEANETOUN.

Et coussi bos que fasquoy you, per te faire rendre jus-
tice, caillo pas prendre l'argent.

TOUMAS.

Jé bous ai dit que sabioy pas ço que fasioy,... et bouléts que bous digoy la bertat? En pla regardan aquel
bestial, m'a semblat qu'abio cambiat, éron bengudos pus
pitchounos, et la coulou abio founsat un paouc.

JEANETOUN.

(*A part*). L'imbecille, finira per aou creyre.
(*A Toumas*). Es un piot Toumas.

TOUMAS.

(*Etonné*). A ça, me couneyssets dounc?

JEANETOUN.

Et pardi bestiasso, soun la Jeanetoun.

TOUMAS.

Ah! mon Dious, me troumpabi pas dounc? Et toco me
la ma, Jeanetounetto... Beses be que me trompabi pas!

JEANETOUN.

Et nou paourot!...

TOUMAS.

Soun pas innoucent dounc?

JEANETOUN.

Nou, mais tu pourras facilement le devenir.

TOUMAS.

Parlos en frances coumo un libre... A prepaous...,
sabes qui m'a croumpat las aoucos?

JEANETOUN.

Et pardi, embecille, es you que t'ay fayt jouga aquel
tour.

TOUMAS.

Oy! oy! oy! es dount toujoun badinayro, coumo quand

éros pitchouno. T'en soubenes quand me baillabos de bour-
rados? M'y atournabi pas jamay, jamay; Jésus que
rision... A ça, digo me, eron pla d'aoucos et noun pas de
canards al mens?

JEANETOUN.

M'aou demandos encaro palot.

TOUMAS.

Eh! ce que on pot pas counta su res..., mais...

JEANETOUN.

Sios tranquille moun paoure Toumas, t'en pourtaras
l'argent de tas aoucas (*lui tappant sur les joues, et à part*),
paoure cousinet. Es encaro pus nigaoud que aoutres cops.

Baou quérro de qué te fa refresqua, s'iélo te aqui en
attendent... Jaquet, t'en coumpagno al cousi, tourni de
suitto. (*Elle sort.*)

SCENE IV.

JAQUET, TOUMAS.

JAQUET.

(*Lui donnant une chaise*). Tenez, sietas-bous a qui,
costo la taoulo.

TOUMAS.

Mécio, goujat (*Il s'assied*). Jésus, boun Dious! et
qu'aourio dit la Toumasso séri arribat ambe ta paouc d'argent?... Cresi per mofè, qu'aouyoy pas gaousat tourna à
l'oustal.

JAQUET.

Abes dounc poou de bostro fenno?

TOUMAS.

Poou? Noun pas pel sigur, mais la cregni.

JAQUET.

May, se me troumpi pas, me semblo que l'annado passado, bous arribéc quiqon a pu près, à Toulouso, sur la plaço, à l'époquo dey melous?

TOUMAS.

Es bertat, mes aquel, se jamay me toumbabo joux la ma li proumetti di brandi la poussiéro de soun frac à cansalado..., n'aoura pas fret à l'esquino pel sigur.

JAQUET.

Bous amaguet un melou, se n'ou me troumpi?

TOUMAS.

Appelats a co amagua, bous? Obe que me le panéc le filoutas.

JAQUET.

Mes enfin, coussi si prenguét? Car bous couneyssi, n'estz pas la mitat d'un piot.

TOUMAS.

O! nani, n'en sount pas la mitat! mes amb'un filou parel, bous mémo bous y seriots laysat prene.

JAQUET.

Es pla poussible.

TOUMAS.

La beillo, un d'aques droulasses que bagaboundejon sur la plaço m'en abio panat un, et dey bellis!... Me plagnioy de ço que méro arribat, quant un gros moussu am'un bentre coumo uno barriquo de cent pegas, me demando de que me plagnioy. L'y disi qu'un boulurot m'abio panat, la beillo, un bél melou de la pilo, més qu'un aoutre cop, m'y attrappayon pas. Eh! von Dieu, pauvre homme, ça me diguéc,... On vous y prendra la même chose. Oui? hébe qui bengon, serioy curious de sabé coumo si prendran ! Comme il si prendront ? Qui dit ? C'est fort simple, qui dit : Il prendra le plus vau cantalou de la pille ; le tournera, le retournera, le mettra sous son habit, comme cela (*Imitant le geste d'une personne qui cache quelque chose sous son habit*), s'en ira fort tranquillement, et vous n'y verrez que du feu. Et en mémo tens s'en annabo. Alabets disi al marchant qu'éro costo you, digats ? Esquè badino ou badino pas ? Yé, que me dits, que s'en ba per tout de bou ; et, en effet, que se birécq al cantou del Capitolo , et que disparesquét. Me metti a crida al bouleur ! al bouleur ! et toutis les maynatches qu'éron sur la plaço, m'embirou- naben en me cridant dins las aoureillos.

Ain : *Les Cancans.*

Toumassou (*bis*).
Tan roustit un bél melou.
Gés qu'un sot, quin palot,
Toumassou n'és pas qu'un piot.

Me tirabon pel l'argaout ,
En m'appelan grand nigaout ,
Juchatysme séri raoujous
Aouriqy mourdut coumo un gous.
    Toumassou , etc.

Fatiguat, ple de furou ,
Boulguébi léba l' bastou,
Més un trountche pla lançat,
Benguét me tusta sul cap.
    Tomassou , etc.

Tout a co sério pas estat res , més quatre coumissaris ame de fusils, arribében en me disen,... d'un ayre pla gracious (*Grossissant la voix*) : Et-ce toi palot de paysan, que tu tabise de vatre les enfans ! Marche, béjan !... Més, militairos, lour respoundébi d'un ayre encouléro , besets què , què..., il n'y a pas de què, què.

Point de rime ni raison,
Suivez-nous vite en prison,
Vous maltraitez les enfants,
Butor, vous iréz dedans.
Et Toumassou, etc.

Et me flanqueren al biouloun... es qu'éro juste a co ?
éro juste ?

JAQUET.

Paoure Toumas, dibiox estre furioux ?

TOUMAS.

Ço que me fatchabo le may, éro de m'entendre crida
Toumassou, troubabi acos un mesprès de ma persouno,
tabes quant fousquéy à l'oustal budébi ma couléro sur
uno biéllo dourno, à grands cops d'agraoués, la metébi
en poulberin... Ah! ce n'abioy tengut calqu'un alabets,
quino remoulado de cops de tricos, pel sigur l'aourioy
espoutit coumo un melou gastat !... Me meti pas souben
encouléro! Més quant y soun... tron... garo de dejoux.

SCENE VII.

Les Mêmes, JEANETOUN.

JEANETOUN.

(*Arrivant avec une bouteille et un verre*). Tey pla fayt
attendre, m'abioy perdut le douzil et le bi s'escampabo.
Bos que te metoy qualques yous sur la siéto, ou un paouc
de cansalado sur la grillo ?

TOUMAS.

Que nou, mecio, n'eyt pas fam! Ey tuat le berp aban
de parti, et se l'ay pas tuat cresi l'abe pla estourdit. Car,
ay bebut tres ichaous à la regalado... (*Il boit*). A ta santat
et may la coumpagno...

JEANETOUN.

Grand bé te fasquo, moun efan. A ça pensi qu'as pas rancuno, hé ?

TOUMAS.

Noun pas pel sigur, més me randras l'argent de las aoucos ?

JEANETOUN.

A co ba san dire ! Té a qui as deix pistolos de may, es le préx de las aoucos.

TOUMAS.

En te remerciant... Mes may fayt uno bouno farço... Per mo fè, bal la que fasquébon y a qualque tems à un piòutas de Caraman. Y a mémo le régent de chez nousaous, que 'ba arrengal en rimaillo, nous aou a taloment recitat, que obéy après per cor.

JEANETOUN.

Béjan, digo nous ot ?

TOUMAS.

Oh ! ques uno bouno farço ! Escoutats !

Le Farçur et le Paysan.

Un farçur de Caraman abio, say pas coussi,
Cambiat un gros melou countro uno becassino.
L'empourtabo chez el d'un ayre sans souci,
Et tout en caminan y, alisabo l'esquino.
En passan sul fiéral, rencountréc un paysan
Que pourtabo pel béc uno grosso becasso.
Oh ! oh ! diguéc labets, ayssos un aoutre aoujan !
Aquel gaillard, là-bas, a fayt millouno casso.
Se poudioy l'attrapa !... Bejan, cal ensaja...
Et sul cop amaguéc soun aousél jouts sa bésto ;
Pey crido le paysan. — Digos, arribo en çà.

Quantos n'as coumo aco ? — Es la soulo que résto.
— Es magro, l'y respoun en la prenen pel béc.
Nostre rusat farçur, d'un ayre bounifaço,
La palpabo pertout, bint cops la suspeséc,
En disen doussomen : Permofé, n'es pas graço.
— Oh ! que si fait, Moussu, es graço coum' un lard.
Bejats, buffats-lo un paou... Et l'aoutre la buffabo,
La reprenio pel béc d'amb'un ayre finart,
D'ambel clot de la ma doussomen l'alisabo.
Le paysan anujat un paouquet se biréc ;
L'aoutre nou pért pas tens, tiro la becassino,
Et, prount coumo un lambret, de suito la cambiéc
Penden quel campagnart abio birat l'esquino,
Et peprenguéc sul cop soun trin may que jamay :
Alisabo loutchoun del cap dinquo la coueto.
Coutre ! dits le paysan, la bouleguets pas may,
La me fariats beni piri qu'uno laouseto !
Baillats-lo me, Moussu, qu'en sio pas may questiou.
Et s emparéc sul cop de la paouro bestioto.
Partisquéc en disen : Quino ma de jousiou !
Cinq minutos de may, n'abioy qu'une linoto...

  `(Tout le monde rit aux éclats).`

Hé bé, coumo la troubax aquello farço, es pla bouno
tabes. A ça que m'en haouc, que la Toumasso se fachayo
s'arribabi pas l'éou ame l'argent de las aoucos. Adisiats
cousino, toucats la ma al Piérril ; mes me rappelaréy
aquelo, et pouyréy dire coumo nostre régent, que dits
que ya pas digus de pus nigaout qu'un paysan qu'a pas
d'esprit. (Fausse sortie).

Oy ! oy ! oy ! m'en annabi coumo un palot, sans sou-
haita le boun souer à la coumpagno. Attendéts, lour
baou fa un coumpliment à la modo de Founsoygribos, et
en mêmo tems lour demandaréy quiquon ; reculaybous un
paouc et bous approutchares quand bous aou diréy, et ré-
pétarets coumo you (S'adressant au public) : Medamos et

Moussus, bous souhaity uno bouno neyt, Dious bous doune de bounis rêbes et pla d'aoutros caousos... La Jeanetouneto et le Toumassou bouldron pla bous demanda quiquoumet, se gaousabon, mes cregnoun d'estre impourtums.

JEANETOUN.

Bayt! bayt toutchoun, sount pla bounis éfans.

TOUMAS.

Aou creses? Et be m'asardi.

AIR : *Des Esclopts.*

Charmant parterro,
Toumas espéro
Qu'apploudirets cinq ou siés cops (*bis*).
Qu'applou ploudirets cinq ou siés cops (*bis*).

LE LOUP ET L'AGNÉL

Fablo imitado de Lafountaino.

———

La razou del pus fort es toutchoun la millouno :
La probo, escoutats-lo, ma fablo bous la douno.
Un poulit agnélou, al bout d'un riou claret,
Bebio tout doussomen crento de la pepido.
Un loup, hargnous et lét, just bérs aquel endret
Benio coumo un boulur per se cassa la bido.
— Digos, que fas aqui ? ça diguéc à l'agnél.
Qui ta permes, mecous, de treboula moun ayguo ?
Meritos que sul cop te déranque la pél.
La que t'a counseillat, sigur, ero embriaygo.
— Nou bous enquietets pas, l'y respoun l'agnélou,
Layssats-me bous parla ; pey, se bostro grandou
Bol regarda un paouquet ount le rajol debalo,
Beyra qu'al dejouts d'el you preni ma regalo ;
Que quand boulegarioy le saple coumo un guit,
Nou la troublayoy pas. — Disi que n'as mentit,
L'y respoundéc le loup. D'aillurs, dins l'aoutro annado,
Parlébos mal de you. — Aquelo qu'es passado ?
Més n'éri pas nascut, soun encaro al poupél,
N'éy pas que quatre dents, l'y dits le paoure agnél.
— Ebe, se n'es pas tu, pel sigur es toun frayre.
— N'éy pas cap. — Calo-te, car nou te cresi gayre ;
N'és pas qu'un menturot ; sabi qu'es un des tious,
Car toutis aprép you siats coumo de jousious :

Les gousses, les bergés et touto la sequélo.
Aouéy, me cal benja, car l'oucasiou n'es bélo...
Et nostre galapian, aquel hourrible gus,
Sans tarda d'un moument l'y courreguét dessus.
Debés le miéy des rens l'y mourdisquéc la lano,
L'enlebéc pus laougé que s'éro uno abelano,
L'empourtéc dins le bosc : aqui, le brigandas,
Dins le sang del paourot farfouilléc à plen nas.

LE GRIL

FABLO.

Un joun dél mes de may, à trabers la campagno,
Un gril dès pus poulits, biou, negre, afiroulat,
Tout en cantourlejan, sans amits ni coumpagno,
   Un bel mayti s'éro escartat
      D'el prat.
Ero anat passeja, en brandin sas aletos ;
D'un ayre tout fiérot, marchabo per saoutets,
Tantot parmi 'l gazou, tantot sur las peyretos,
Courrio coumo un pirol, en fan de rebirets ;
Més, tout en fadejan, aquello tésto follo
Nou bejéc pas un clot, qu'abio dejoust le nas,
La pato l'y glisséc, féc uno cabriolo :

Nou s'ay pas per ma fe coussi s'y tuéc pas!
Fousquéc tant estourdit, pendent uno minuto,
Qu'a peno le paourot se pousquéc tene dret,
S'ero tant abimat, dins aquelo culbuto,
Que marchéc un moumen en fan al paranquet.
Quant se fousquéc remes, la prumièro pensado,
Que benguéc agita soun cap mitat perdut,
Fousquéc de remounta per regagna la prado,
Et de quita le traouc ount s'ero seco utut.
Mes aqui l'embarras, sas patos escourjados,
An aquellos parets, poudion pas s'arrapa...
On aourio dit qu'esprés las abion sabounados
Tant glissabon pertout, qualguéc y renounça.

« Atenden, ça diguéc, yey perdudo l'haleno,
» Mous amits soun pas len, cridaréy al secours,
» Bendran al grand galop, per me tira de peno.
» Sabi qu'à moun appel nou restaran pas sourds. »

Bers le souer soulomen entendéc sur la routo,
Qualqu'un de sous amits qu'anabon, en cantan,
Fouleja len del prat; nostre gril les escouto,
Et quant les creguéc prep, lour diguéc en pregan :
« Benets, benets grillous, benets, arribats bite,
» Ey manquat me tua, soun toumbat dins un traouc,
» Aduja' m'a sourti; car es houro qu'el quite;
» Aoutromen, pel sigur, seréy, mort aban paouc. »
        Sous amits s'approucheron,
        Toutis le regarderon
        D'un ayre piétadous.....
Le pus prép l'y diguéc : « Me troobayoy hurous,
» De poude t'aduja, mes ey mal à la pato,
» Et péy soun fort pressat, ma grillo es une ingrato,
» Se fatcho per un res, adiou m'en cal ana. »
— Un aoutre dits aprép : « You bouldroy t'aduja,
» Sabes-be, moun amic, que se quiquon me manquo

» N'es pas la boulountat,
» Mes souffrissi de l'anco,
» D'espey que soun toumbat,
» Podi pas me foursa... » Cadun troubec la ruzo,
Cadun en le quitan l'y dounéc uno escuzo,
Le daysseron tout soul, triste, desencantat,
Sul counte des méchans, qu'atal l'abion quitat.
Se diguet alabets : « Ah ! toutis me delaysson.
» You que m'eri fisat d'abe tantis d'amits,
» Moun Dious ! que soun ingrats : à peno se s'abaysson !
» Qu'en me besen ayssi, s'en ban coumo espaourits.
» You que per les serbi, m'aourioy coupat uno alo ;
» Le que bouillo quiquon n'abio pas qu'à bada.
» Aro, cadun fugis coumo s'abioy la galo,
» Se reculon, s'en ban, sans me bailla la ma,
» Oh! mes aco's affrous !!! »—Paoure cap sans cerbélo,
Bay, non te plangos pas, tatcho de t'en sourti ;
Se countos sus amits , ta mort sera cruelo,
Se n'abios pas bezoun , oh ! les berios beni.

A forço de trabal, la terro qu'éro liso,
S'entemenéc un paouc, et pousquéc s'arrapa,
Sourtisquéc en disen : « Pla fat es qui s'y fiso,
» Ya de bounis amits..., s'agis de les troubla. »

Toulouse, Imp. de J. DUPIN.